詩集

盗人

桐野かおる

砂子屋書房

＊目次

カバー写真・桐野かおる
装本・倉本　修

詩集　盗人

夢のかけら

子どもの頃猛獣使いになるのが夢だった
猛獣使いになって
大きなサーカス団に入り世界中を興行して回る
ムチやエサを手に時間をかけてライオンやトラを手なずける
そして長い間寝食を共にするうちに
いつかライオンやトラの言葉がわかるようになって
（今日は何だか調子悪くてね）とか

（彼女ほしいよなぁー）とか
（たまには草原を走り回ってみてえ）とか
とか　とか　とか　……
でもそうなるまでには
噛みつかれたり引っかかれたりして
生傷が絶えないんだろうな
生傷くらいならいいけど
もしかしたら手足を噛みちぎられ
生死の境をさ迷うような事になるかもしれない
それで夢をあきらめるしかないような身体になったら
どうしよう
いいさそうなったらなったで
また違う夢を持てばいいんだ
そうして夢はいくつもいくつも変遷し

結局私は猛獣使いにはならなかった

おとなになってごく普通の当り前の職業につき
こうして時々
思い出したように動物園に来たりなんかしている
ライオンやトラの言葉なんて人間にわかるはずがないのに
それはそのための努力を惜しんだ自分がいけなかったんだ
と後めたい気分になっている
ライオンやトラと寝食を共にし
もっと命懸けで夢を追いかけていたら
また話は違っていたんじゃないか

話って？
どんな話？

そんな話なんてどこにもないよと
ごく普通の当り前の職業についた私は自分に言いきかす
こうして時々詩を書いたりなんかするのも
その言いきかせのひとつなんだきっと

夢は壊れた
壊れた夢のかけらが
私の詩の中で踊っている

サン・テグジュペリの言葉

ガラケーしか持っていない私にみんなが
スマホにしたら便利よ
一緒にラインできるしラインで繋がろう
と言ってくる

ラインって線
線で人と人が繋がるんだって

数珠のように真珠のネックレスのように
一人一人が一本の線でしっかり繋がって輪になるんだって
でも数珠やネックレスなら眼にみえるけど
ネットのラインは眼にみえない

10代の中頃に
サン・テグジュペリの書いた『星の王子さま』を読んで
〈いちばん大切なものは目には見えないんだよ〉
という言葉に感銘したのを覚えている
サン・テグジュペリは20世紀初頭のフランスの飛行機乗り
はるか上空から見下ろす地上は
どんな風にみえたんだろう
第二次大戦中
偵察機に乗ってコルシカ島のボルゴ基地を飛び立った後

謎の墜落を遂げ還らぬ人となったが
それから幾星霜
今ネット社会はバラの色
一人で覗きこむ画面が白く光る
ほらね　これが誰かと繋がっている証拠
相手がみえなくたって平気
言葉なんか交さなくたって平気
だって誰もがそうなんだから
このままでいいの
このままでどこまでも行くの

〈大切なものは目には見えないんだよ〉
サン・テグジュペリが残したこの言葉が
ネット社会の現代では薄っぺらく裏返っている

大切なものは眼にみえないなら
ネット社会に生きる私たちは
いったい何をみているんだろう
そして
落ちてゆく飛行機の中から
サン・テグジュペリは何をみていたんだろう

車中の人

大阪発午前8時40分
特急サンダーバード9号はゆれる
かなりゆれる
新幹線のひかりやのぞみはこんなにゆれはしない
座席に備えつけのミニテーブルの上に手帳を広げ字を書くと
ゆれる　ゆれる
手は小刻みに震え

字には小さなギザギザ模様がいっぱいついて
金平糖をいくつも並べたようになってしまった

車中の人になってまで何を書こうというのか
何時何分琵琶湖が見えはじめ
余呉湖を経て
何時何分湖は視界から消えてゆくのか
並行して走る道路の交通事情は
草木の緑の加減は
家屋の造りは　雲行きは……　等々
車中の人になってまで何のために書こうというのか
メモ
いつか何かを書く時の材料になるやもしれぬという思いの
走り書き

走り書き集めて早し金沢は

サンダーバード9号はゆれ続ける
座席にもたれ眼を閉じると瞼の裏の暗闇に
金平糖がいくつも飛び交いこちらをツンツンつついてくる
走り書きの中に秘めた思いがこちらをツンツンつついてくる
北陸トンネルを抜けると
武生　鯖江　と続き
はや福井
本日白山連峰の稜線は霞んでぼんやりとしかみえない
本日この日この白山連峰のみえ具合が
いつか詩の一行になるやもしれぬと思い
白山　かすみ　6月9日　と走り書きす

大阪金沢間の2時間34分
車中の人になってまでこんなに何かを書いたのは初めての事

サンダーバード9号はゆれた
かなりゆれた
午前11時14分金沢に降り立ち
花を買いきて
卯辰山は専光寺の墓地まで一直線
そして今
ただ今墓参りを終え
墓地の高みに立ちて遠く内灘の海岸線を眺めている
帰りのサンダーバードもゆれるだろう
きっとかなりゆれるだろう

車中の人になってまで何を書くのか
何のために書くのか
走り書き集めて早し——

大阪弁で言うと

この家来るんはこれで三度目やけど
どんなに呼び鈴押してもいつも誰も出てけえへん
居留守使われてるいうんはようわかってる
そやかて先刻カーテンの開いた窓越しにみえたんは
飲みかけの牛乳パックやら食べかけの菓子パンやら
ページが開いたままの週刊誌やら
ウチが呼び鈴押したとたん

慌ててどっかへ隠れたんはみえみえやないか
何でや
ウチあんたらに何か悪い事したか
ウチはただあんたらに言わなあかん事を言いに来てるだけや
わかってるか
言わなあかん事は言わなあかんし
聞かなあかん事は聞かなあかんねん
そやのにいつまでそうやって逃げ回るつもりや
三度目の正直いう言葉もあるしな
出てけえへんねんやったら
ウチはこの窓打ち割ってでも中に入って
あんたらを引っ張り出すつもりやから覚悟してや
そうなったらお互い感情的になって
言わんでもええ事まで言うてしまう

傍からはみてられへんくらいの泥仕合になってしまうやろ
ええ恥さらしやないか
ウチらはな魔法使いやあらへん
あった事をなしにはでけへんのや
そやから出てきてウチとちゃんと話ししよ
あった事をあった事としてあんたらが認めるまで
ウチは一歩も退けへんからな
ええか覚悟してや

盗人

昔から盗人猛々しいてよう言いますやろ
そら人のもん盗んだらあきませんわ
それ位の事ウチかてようわかってます
そやけど
盗人に入られる家いうんは大抵決ってます
まず戸締りがええ加減やいう事ですな
窓はもちろんやけど

玄関の鍵かて二、三時間位やったら大丈夫やろいうて
かけてない事ようありますねん
ほんでしめしめ思うて家の中入りますやろ
そしたらアンタ
玄関も台所も居間もひっ散らかってて
盗人のウチが入る前に盗人が入ってたんと違うかて思う位
ひっくり返ってますねん
こんなんでよう毎日生活してはるなて感心します
(オイ判子どこや通帳どこや
(オイ茶碗どこや箸どこや
(靴下どこやパンツどこや
(オイお前どこや
住んではる人のややこしい日常が眼に浮んできますやろ
言うて悪いけど

そんなんやから盗人に入られますねん
何でもうちょっと気ィつけませんの
昔から盗人にも三分の理いう言葉がありますやろ
自分の口から言うのも何やけど
そんなにとられたなかったら
それなりの備えいうんか心構えいうんか
そんなもん必要とちゃいますか
そら人のもん盗んだらあきません
それ位の事ウチかてようわかってます
そやけど
（お前）がどこにおるかわからんで困ってはるから
近くにおったウチがついハイて返事して何が悪いんやろか
そらウチは盗人です
猛々しく三分の理を力説する恥知らずやけど

他人の家の中入ってみて思いましたわ
入られる方かてそれなりの恥知らずやなて
どっちもどっち
ええ勝負やないですか
ウチだけが一方的に非難される筋合はどこにもないて
そない思てます

溺れる者

色恋に溺れたらあかんて
口癖のように言うてたおばちゃんが色恋に溺れてしもた
ほんま人間てわからんもんやな
あんな男に入れあげてて
周りからさんざん言われてたけど
おばちゃんたった一言
他人にわかってもらおなんて思てません

て言うたなり後はダンマリやった
溺れたらあかんいうんは
ウチやのうて自分に向うて言うてはったんやな
溺れたらあかんあかんあかん思いながら溺れていく時の気持ちて
どんなんやろ
わかってもらおなんて思てませんて
そんな薄情な事言わんと
ウチにだけでええからそっと教えてんか
そこは極楽なんか地獄なんか

昔から溺れる者は藁をも摑むて言うけど
おばちゃん
しょうもないもん摑んだらあかんで
他人から後指さされても陰口たたかれても

それでもそないして溺れていくんや
あんな男て周りは言うけど
よっぽどええ男なんやろ
おばちゃん
その男摑んでどこまでもどこまでも溺れていくんやで
こっちはつまらん
帰ってくる事なんか考えたらあかん

最後にウチにだけでええからそっと教えてんか
そこはいったい
極楽なんか
地獄なんか

佳与子

佳与子と二人でルームシェアして暮している
そうなるに至った経緯はもう忘れてしまったけれど
佳与子と私は今も一緒に暮している
昔から陰気で詮索好きな佳与子
一日中部屋にとじこもり
他人とはろくに口もきかないくせに
私が出かける時はいつも後をついてきたがる

でも佳与子あなたといるといつも
乾いた話が湿った話になってしまうから嫌なの
真直ぐな話が歪んだ話になってしまうから嫌なの
嫌なのよ佳与子
ついてこないで
陰気な佳与子は陰気なままで
部屋の片隅で息を殺しているのが似合ってる
靴音を響かせて街に出かける私を
部屋の片隅から恨めし気にじっとみているのが似合ってる
佳与子はきっと私を恨んでいるだろうが
私は私で佳与子を毛嫌いしている
そうなるに至った経緯はもう忘れてしまったけれど
いつか二人が激しくぶつかりあい
どちらかがこの部屋から転がり出てゆく日が来るのだろうか

誰からも相手にされない佳与子
そんな佳与子だけが知っている私の秘密
（ねぇ今日はどこで何してきたの？）
佳与子
お願いだからそんな眼をして私をみるのはやめて

蛸女

その日私は蛸となって電車に乗りこんだ
ラッシュ時でもない平日の車内は事の他空いていていて
座席にヌメッと腰をおろした私は
何気なく左右に眼をやった
年齢恰好は違えども
右も男左も男
上々の出だしである

私には八本もの足があるが
実を言うと
私の意志で動く足というのは一本もないのだ
ヌメヌメクネクネ
吸いついては離れ離れては吸いつく
言葉では名状し難いあの足の動きというのは
実は私の意志とは無関係のところにあるのだ

ふいに私の足が妙な動きを始め
右隣りに座っている謹厳実直そうな男の太ももに
絡みついていった
恐る恐ると言えば恐る恐るだが
大胆と言えば実に大胆に

私の足は男の太ももに絡みついていく
君失敬じゃないかとばかりに
男はキッとこちらを睨みつけるが　私は蛸
自分の足の動きさえままならぬ蛸
足はヌメヌメクネクネとのびてゆく
どこまでが男の足でどこからが私の足なのか
みわけもつかぬ程絡まりあい
身動きがとれなくなった男の窮状をみかねた人たちが
慌てて蛸をひき剥しにかかったが　そこは蛸
さすが蛸
一筋縄ではいかない
思いあまった男は
そうだとばかりに急いでズボンを脱ぎ始めた
蛸よ　抜け殻となったズボンに一人で絡みついておれ

男は上半身背広で下半身パンツ一枚という
あられもない姿になりながらも何とか蛸から逃れたのだが
蛸の吸着力を甘くみてはいけない
両の太ももにくっきり残ったその吸盤の吸い口の跡を
家に帰って奥さんにどう説明するつもりなのか
パンツ一枚であわてふためいて帰宅したそのわけを

私は蛸となって電車にも乗れば夜道の散歩にも出かける
残念な事に言葉は通じない
おまけにみての通りのヌメヌメクネクネぶりで
絡まれたら最後とばかり
男は誰も寄ってこない
だからこっちから寄ってゆくのよ
ごめんなさいね

私は蛸
残念な事に蛸に理屈は通じない

やさしいお兄さん

小学生の頃だった
近所の工場に住み込みで働いていたやさしいお兄さんが
パトカーに乗せられ連れて行かれるのをみた記憶がある
いつもニコニコして小学生の私たちに気軽に声をかけていた
(遊びにおいで)
後になっておとな達が
誘われて遊びに行った女の子がそのお兄さんの部屋で

変な事をされたらしいと噂するのを耳にして
変な事ってどんな事なんだろうと私は首を傾げていた
いつもニコニコしていた近所のやさしいお兄さんは
パトカーに乗り込む時全くの無表情だったのに
私と眼があった瞬間ニコッと笑った
あれは条件反射だったのだろうか

大きくなって私は小児性愛者という言葉を覚えた

おとな達はみんな眉をひそめて囁きあっていた
あの近所のやさしいお兄さんは
今頃どこでどうしているのだろう

走って逃げた

家まで送ってあげようか
自転車を押しながら
そう言って私に近ずいてきた見知らぬお兄さんは
作業ズボンにランニングシャツといういで立ちだった
意味もなく終始ニコニコしているのが何だか薄気味悪く
蟬とりの虫カゴを手に持った小学二年生の私は
そのお兄さんに背をむけると

一目散で誰もいない昼下りの農道を走って逃げた
60年近く前の夏休み
母の実家がある静岡県小笠郡浜岡町塩原での出来事
誰にも何も言わなかったが
おとなになって
幼い子どもが連れ去られ
無残な姿で発見されるという事件が起るたび
私はあの日あの時のお兄さんの姿を思い出す

あのお兄さんは今頃どこでどうしているのだろう

香椎

福岡のＪＲ原田駅で運賃表を眺めていたら
香椎という駅名が眼に止まった
香椎
カシイ
松本清張の『点と線』で
事件の発端となる男女の心中死体が発見されるところ
国の役人と料亭の仲居が青酸カリ入りのジュースを飲んで

冬の海岸の冷たい岩礁の上に横たわる
『点と線』が書かれたのは昭和32年
私がそれを読んだのは昭和45年高校生の頃
アリバイのトリックや動機の背景の絡みより
何故か私の心に残ったのは
その男女がトボトボと歩いて行った
香椎の駅前から海岸にかけてのうら寂しい風景
そして
香椎　その字面
カシイ　その響き

平成28年の今香椎の駅前を歩いてみたところで
松本清張が書いた昭和32年当時の香椎の駅前の風景に
出会えるわけがないとわかっていながら

香椎　その字面
カシイ　その響き
にひかれ
私は原田駅から香椎にむかった

〈お休所と書いた飲食店がある。小さい雑貨屋がある。果物屋がある。広場にはトラックがとまり、子供が二、三人遊んでいる。〉
〈寂しい家なみがしばらく両方につづくが、すぐに切れて松林になり、それもなくなってやがて、石ころの多い広い海岸となった。〉
そこをトボトボと歩きながら
何も知らない女が男にむかって言う
〈ずいぶん寂しい所ね〉

香椎　その字面
カシイ　その響き
にひかれやって来たが
〈ずいぶん寂しい所ね〉
と思わせるような風景はやはりもうどこにもなかった
これが今の香椎なのだ
けれど
『点と線』の中の香椎は読んだ私の心にそのまま残る
今眼の前にある現実の風景を超え
昭和32年当時の風景のまま私の心に残る
変っても変らない
読むというのはそういう事だから

香椎は今も
香椎
カシイ
のままで

ずいぶん寂しい所ね

〈 〉内は『点と線』より引用

地図をみる

地図をみるのが好きだ
地形図は苦手だが
市街地図もいいし住宅地図もいい
車は運転しないが道路地図もみていて飽きない
以前から
住所をみてその場所を地図上で探し当てるのが
私の秘かな楽しみになっているが

最近ではそれが嵩じて
地図を片手に実際にその場所まで出かけ
そうか　こういう所だったのかと
この眼で確認せずにはいられなくなっている

過日　金沢の五百石谷という所を訪ねるつもりで　その場所を地図で確認しようとしたが　どの地図をみてもその地名が浮びあがってこず　そんなはずがないと焦った私は　金沢市役所まで出かけ広報課の職員の人に訊ねてみた　（五百石谷という所を探しているんですが……）
職員の人達はみんな親切で　カウンターの上に大きな役所の地図を広げ　丁寧に説明してくれた
（五百石谷は今はゴルフ場になっています　そうですね　ちょうどこのあたりになります）　と言いながら地図

上を鉛筆で指し示してくれた　ゴルフ場の名称は金沢セ
ントラルカンパニー倶楽部

それでもせっかくここまで来てとあきらめきれない私は
広報課の人が（このあたり）と指し示してくれた
夕日寺という所まで行ってみる事にした
もちろん
聞いていたような棚田と渓谷の風景は
もうどこにもないだろうと覚悟をしながら

地図をみるのが好きだ
具体的で理路整然としていて
何かを確かめるには恰好の材料になる
夜　宿でボンヤリ地図をみていると

五百石谷について語るあなたの言葉が心に浮んできた
〈谷のかしらには可憐な滝もかかっていて、優雅な曲線を持つ段々の稲田がゆったりとつづいていた。五百石のお米が収穫された。〉
今は一面緑の芝生の上でみんながゴルフに興じている
地図は何かを確かめるには恰好の材料になる
五百石谷はもうどこにもない

スガシカオ

スガシカオ　がテレビで歌っている
本名なのか芸名なのかもよく知らないけれど
変な名前だなといつも思ってしまう

「雛祭り」という童謡の歌詞の中に
（お内裏さまとお雛さま
二人並んで澄まし顔）

という一節があるが
この（澄まし顔）→（スマシガオ）
少し変化させるとスガシカオに限りなく近ずいてゆくと
ある時気づき
これはスガシカオの言葉遊び
アナグラムではないのかと真剣に思っていた時期がある
スガシカオを漢字に当てはめるとどうなるか
菅鹿男　というのが妥当な線だと思うのだが
これだと
演歌歌手　強面の俳優さん　を連想してしまい
ニューミュージシャンとしてのイメージぶちこわしである
だからこそ漢字は避けてカタカナとした……
けれどそもそも
スガシカオ　なんて名前

カタカナにしろ漢字にしろ本名にしろ芸名にしろ
発想そのものが私には謎である
そこで思ったのは
鹿は古代より神の使いとして神聖視されているから
古風で折り目正しき御両親が考え抜いた挙句
鹿男　と名づけたという可能性もなくはない
けれどそれならそれで
ニューミュージシャンとして売り出す時
芸名としてもっとしゃれた名前を考え出しそうなものを
まさかのウケねらいか

スガシカオ　がテレビで歌っている
マイクの前で体をくねらせている姿に
神聖な感じはあまり（と言うより全く）しない

声は好きだし中性的な感じが今風でいいとは思うけれど
気がつくと興味はただただその名前に集中している
本名なのか芸名なのかもわからないまま
思いはつぎつぎと湧いてくる
スガシカオ　は何故スガシカオという名前なのか
堂々巡りのこの思考回路
これだという決定打がどうしても出てくれない

裁判の行方

数年前大阪で繁華街の古びたビルのトイレに女性を引きずり込み刺殺するという事件があった　犯人は間もなく逮捕されたが　その犯人があの舞鶴女子高生殺害事件で逮捕起訴されながら　その後裁判で無罪が確定した人間と同一人物だと知って驚いた

舞鶴の事件では　犯行時刻近くに犯人と覚しき人物と並んで歩いている女子高生の姿が防犯カメラに映っていた

が　その画像が不鮮明でこれでは犯人の特定はできない
つまりは証拠不十分だという事で無罪が確定している
疑わしきは被告の利益に　という司法の大きな流れに沿った判決という事になるのだろうが　こうして新たな犯罪の舞台に登場してきたその犯人の姿を想像すると　あの裁判は一体何だったのだろうかという思いが　どうしても湧いてきてしまう
ずっと以前だが　開高健の『片隅の迷路』という本を読んだ時　本当に日本でこんなひどい事があったのだろうかと　怖ろしいような気分になったのを覚えているが
そんな冤罪事件への深い反省の結果が証拠第一主義なのだとすれば　それは尊重しなければならない　大阪の事件は大阪の事件　舞鶴の事件は舞鶴の事件　キチンと分けて考えなければいけない　という事も百も承知である

が何だか割りきれない　証拠さえなければ犯人は司法の手をすり抜けていってしまうという　そういう事になりはしないか

有罪が間違いなら無罪が間違いという事だってある　どんなに論議を尽くしたようでも　裁判では語られない部分隠された部分というのは必ずある　舞鶴の事件は世間の注目を浴び　事件の発覚から判決に至るまで長期に渡って報道されたが　大阪の事件は私にとって拍子抜けがする程の小さな扱いのまま雲散霧消してしまった　その後その犯人がどのような判決を受けたのか等　報道するマスコミはなかったように思うのだが　それは何故なんだろう

過去の事件で無罪が確定した人物が今回のように再び同じ　しかも殺人という犯罪を犯す　疑わしきは被告の利

益に　という言葉に暗い影がおちる　何だか割りきれないものが　今も私の心の片隅の迷路になっている

Y氏

私はY氏から謝罪と慰謝料50万円を要求されている
何を小賢しい事をと一笑に符したいところであるが
Y氏は事もあろうに弁護士を立ててきた
これを無視して訴えられるような事にでもなったら
たまったものではないので
いや仕方なくこちらも弁護士を立てる事となった
Y氏は燃えている

当方の弁護士は大阪の北浜に事務所を構えるヤメ検で
年の頃は60前後というところか
重厚な雰囲気の中にも
どこか浪速の商人の風情を漂わせている
――先生　大丈夫でしょうか
――これは要は言いがかりですな
――言いがかりですか　この先つけ狙われたりする事ありませんか　心配で夜も眠れません
――そらあなたテレビの見過ぎです　余計な心配せんでよろしい

Y氏は職場を去る時同僚に
このままではひきさがらへんからな

と言っていたらしい
私の言葉に
「多大な精神的苦痛を被った」と書いて寄こした
弁護士は私に問う
どこで何をどんな風に言ったのかなど
しかし私の記憶は曖昧である
Y氏側はそこのところを衝いてくる
――先生　そんな前の事はっきり覚えてません　言うたやろ
　言われたらそんな気ィもするし……　大丈夫ですか
――大丈夫です　何の証拠もありません

書面が届いてから早半年が過ぎたが
ああ言えばこう言う　こう言えばああ言うで
弁護士同士の攻防はいまだに続いている

私の戦意はとうに失せているが
Y氏は燃えている
燃えて燃えて
謝罪と慰謝料が届く日を待ちわびている
50万円だった要求額は20万円になり
20万円の要求額は……
首をなかなか縦にふらないY氏に
当方の弁護士も近頃は
落とし所を探ってソワソワ落ち着きを失くしている

馮さん中国に帰る

馮さんが中国に帰ってしまった
半年間一緒に仕事をしてきて
ふとみると馮さんが何か言われている
言っている人は下野さん
言っている人はいつもその人下野さん
問題なのは言っている内容より
その言い方

感情を言葉にのせ
言葉を感情にのせ
まるで自動小銃のように
ガガッガガッ
もうわかったっていうのに
ガガッガガッ
ムッとしたのは馮さんより傍でそれを聞いていた私
（もうそれくらいにしたら）
自動小銃の眼がゆっくりとこちらをみた

中国という国家とか国民性の漠然としたイメージに
私はよい印象を持っていない
奈良や京都の観光地で中国人の団体に出くわすと
カンベンしてよ

と思わず身を避けてしまう方の人間だが
馮さんは国家や国民性という漠然としたイメージではない
日本語を学び日本の医療分野で働こうとやって来た
頑張り屋で頭のよい26歳の一人の女性看護師
私と同じ職場で半年間一緒に働いてきて
気がつくと下野さんから自動小銃をむけられていた
嫌悪の感情だけをむき出しにして
ガガッガガッ
自動小銃乱射
個人と個人のつなぎめが吹っとんでゆく
馮さんの足場が崩れてゆく体が宙に浮いてゆく

馮さんは今故郷の河南省にいるという
馮さんという確かな個人が

国家とか国民性とかいう
漠然としたイメージの中に帰ってしまった
馮さんにとって日本という国家とか国民性のイメージは
下野さんに代表されてしまい
もう二度と日本に戻ってくる事はないだろう

私をみた
自動小銃のあの眼を私は忘れない

手洗い励行

感染予防の第一歩は手洗い
手洗い励行
仕事で数えきれない程手を洗い
仕事を終えて家に帰りつき手を洗い
指と指の谷間は特に念入りに
最後は爪先をゴシゴシ手首をゴシゴシ
感染予防の第一歩はこれでクリア

と思っていたら
二月にインフルエンザA型に罹り
五月にB型に罹り
あなたの手洗いはいったい何だったのと
周囲から白い眼でみられ
私の手洗いはいったい何だったのだろうと
私自身は項垂れ落ちこみ
気がついたらひどい不眠症に陥っていた

手洗いしてもこんな目にあうのなら
手洗いしない人はどんな目にあうのだろう
もっと致命的な感染症に罹り
生死の境をさ迷う破目になるとでも言うのだろうか
職場には

まるで私を威嚇するかのように
手洗い励行
という大きな文字が掲げてあるが
手洗い励行さえ遵守しなければ
私はこんなに落ちこむ事はなかった
手洗いなんてしなければよかったんだ

手洗いする人しない人
道はいつも別れている
さんざんな目にあって初めてわかる
スローガンなんてただのハッタリだったんだって

御幸通り

桃谷駅前の焼き肉屋でランチを食べて御幸通りまで歩いた
大阪で近頃噂のコリアンタウン
昔も今も不便なところで
桃谷駅から歩いて20分近くはかかるが
行ってみておどろいた
御幸通りは様変りしていた
昔は殺風景で寡黙としか言いようのない町だったのに

今は通りの端から端まで人であふれ返っている
キムチ　プルコギ　チョゴリ　韓流コスメにジャンクフード
外国人観光客が
（ジャパニーズ最高　白米おいしい）
とわけのわからない事を叫びながら歩いていた

45年前
在日韓国人2世の彼と恋におちた友人が
それでも結婚して最初に住んだ町
在日韓国人と結婚するのは
それほど大変な事なのかと初めて知った町
初めてキムチを食べたのもここ
初めてチョゴリをみたのもここ
ここ御幸通り

新婚夫婦と3人で桃谷駅まで歩いた夜
――キムチて辛いな
――そやな　そやけど子供の頃から食べてるから当り前の味や
――あんまり辛い時はなキムチの横に水置いてチョッと洗うて
　から食べたらええねん
殺風景で寡黙だった町
あの頃はコリアンタウンなんて言葉はなかった
辛いキムチは洗って食べるものだと
友人の言葉にそう思っていた私

近頃噂のコリアンタウン御幸通り
懐かしくてフラッと来てみた
様変りした事もあれば相変らずの事もあるだろう
尋ねたくても友人夫婦はもうここには住んでいない

人混みにもまれながら
キャベツと切り干し大根のキムチを買い
桃谷駅までまた20分
歩いて帰った

自宅療養

月水金と病院に通っている
大腿骨を折った術後のリハビリのためだが
その他の日は家に居て一日中テレビをみている
ケーブルテレビで放送している
海外のテレビドラマや映画に始まり
日本のサスペンスドラマの再放送ものからスポーツ中継
はては料理番組まで何でもありだ

足腰が痛いので
動くのは食事を作る時とトイレ風呂くらいのもの
どうにかしなければと思っていた職場の人間関係も
どこかにとんでいった
テレビのリモコンを手にソファに横になっていたら
ふいにずっと以前に流行った明石家さんまの
キッコーマン醤油のコマーシャルソングのフレーズが
頭に浮んできた
（幸せって何だっけ何だっけ……）

この間に詩集を一冊だけ読んだ
細田傳造さんの『かまきりすいこまれた』
読んだ後私も何か書けるような気分になって
試しに机にむかってみたけれど

腰がイタタタ……　駄目だこりゃ

月水金と病院に通っている
その他の日は家に居て一日中テレビをみている
頭の中は空っぽであるが
不満かというとそれがそうでもなくて
これはこれで気楽でいいもんだと思っている

本当に
幸せって何だっけ

イチコロ

近くのスーパーで買い物をした帰り
いつも通り過ぎる民家の植え込みの影に
真白い立派なキノコが2本並んで生えているのをみつけた
一目で毒キノコとわかる
と言うより毒キノコの代表格と言っていい
シロタマゴテングダケ
実物をみるのは初めてだが

人命を奪う事もある猛毒キノコが何でこんな所にと思うと
誘惑に逆らえず
そのうちの一本を手折って家に持って帰ってきてしまった
台所のテーブルの上に新聞紙を広げ
そこにキノコを置いて眺めてみた
根元の壺　茎の鍔　傘の裏側の襞……
図鑑に書いてある通りだが
食べるとどうなるかという実際のところは
私が食べるか誰かに食べさせるかしない限りわからない
何枚か写真を撮りそのまま放置しておいたら
真白だったキノコが翌日にはどんよりと濁り
傘の裏側の襞は見事な緑色に変化していた
正に胞子
菌

アマニタトキシン
さらに次の日になると
キノコは急速に萎れみるも無残な姿になってしまった
そのまま生ゴミと一緒に捨てるつもりだったが
思いついて
包丁で細かく切り刻み
小わけにしてラップに包んで冷凍庫に入れた
私が食べても誰かに食べさせても
コレラのような症状を経て多臓器不全に陥り
死に至るのだという
試すわけにはいかないのが残念だが
試すわけにはいかないのだと思えば思うほど残念だが
新潟ではこの猛毒キノコをイチコロと呼ぶ所があるらしい

私が食べても誰かに食べさせても
アマニタトキシンでイチコロとそういう意味か
試した人がいたに違いない
都会では滅多にお目にかかれない猛毒キノコを
私は近所の民家の植え込みの影にみつけた
新潟に行けば
もっと当り前のようにして生えているのだろうか

悪趣味

私の家の隣は墓地で
そのまた隣は沼地ときている
ゆるい地盤の上に建つ私の家は
いつも湿気ていて黴臭い
その上よくみると微妙に傾いていて
箸や豆や芋が
床の上をコロコロとおもしろいように転がってゆく

一度だけ友人が私の家を訪ねてきた事があるが
あの家何だか変だという噂がたち
それ以来私の家を訪ねる人はいなくなってしまった
寂しいと言えば寂しいが
悪い事ばかりでもない
こんな所だから騒音に悩まされる事もなければ
不審者が近寄ってくる事もない
それどころか
神経を研ぎ澄まして念じれば
人魂をみる事だってある
この調子でいけば
いつか幽霊の姿をみる事だってあるかもしれないと
内心期待しているのだが

毎夜私は沼地を訪れ
そこへ素足で入ってゆく
最初のうちこそ逃げ腰だったが
今では足裏に伝わってくるそのヌルヌル感の虜になっている
人魂をみたのがこのあたりなのだから
幽霊が出るとすればやはりこのあたりだろうと
勝手に思っているが
いつであれ何であれ
期待するものはそう簡単に出てきてくれはしない

私の家の隣は墓地で
そのまた隣は沼地である
ゆるい地盤の上に傾いて建っている私の家では
箸や豆や芋が

床の上をコロコロとおもしろいように転がってゆく
期待するものが出てきてくれる日を
私はここで
ゆっくり待つ事にする

ジーン・ハックマン

30数年ぶりの『ミシシッピーバーニング』だった
最初は映画館で
そして今回は家で
ケーブルテレビで放送しているのをみた

1960年代
アメリカ南部の激しい人種差別の残る土地ミシシッピー

そこで起きた3人の公民権運動家の失踪事件を調べるため
ワシントンからやってきたＦＢＩ捜査官と
白人至上主義の住民たちとの間にくり広げられる
激しい暴力と深い対立

映画もおもしろかったが
ＦＢＩ捜査官の一人を演じたジーン・ハックマンが
何とも言えずよかった
髪の毛の薄さ加減　体の肉のつき具合
少し照れたような話し方から
ニヤリと笑う時のそのニヤリ具合まで
一見どこにでもいる中年男なのに
何とも言えない男の色気が漂っていた

先日『運び屋』という映画で
クリント・イーストウッドの皺だらけの顔をみていて
ふとジーン・ハックマンのあの色気は
今頃どうなっているんだろうかと思った
80歳はとうに過ぎているだろう
あの時私が感じた色気は
月日とともに擦り減ってしまったんだろうか
それともますます磨きがかかっているんだろうか
あれから30数年
感じてみたいもう一度
ジーン・ハックマンのあの色気に
もう一度ゾクッとしてみたい

題なし

寂しくなったなぁ
男の事が書けなくなって
いなくなってしまったんだから仕方がないが
今さら花鳥風月って柄じゃないし
と言って
伝えたい主義主張があるわけでもなし
ましてや高邁な学問知識などあるはずもない

あるのはただただ旺盛なヤジ馬根性だけ
寂しいよぉー
風が吹きつけてくる雨が打ちつけてくる
立っているのがやっとだが
でも
立っている
何とか立っている
旺盛なヤジ馬根性だけを頼りに
こうして
一人で

あとがき

齢をとるというのはなかなかシビアなもので、テレビなどで、〈生涯現役です〉だとか〈年齢は関係ありません〉、などと言っている人をみると思わず、ホンマかいなと呟いてしまう。自分の怠惰を棚にあげて、そのために努力してきた人を懐疑の眼でみてしまう。これではいけないと、最近少しは思うようになってきたが、今さら何をどう思ったところで、このシビア感に変りはないようである。そういう風な努力をしてきた人にはそういう風な結果が待っているのだと、思うばかりである。

いつもの事だが、こうして詩集を出せた時は本当に嬉しい。この気持ちに年齢は関係ないようである。この先、後何度この気持ちを味わう事ができるのか。〈道は迷わでなるにまかせて〉、黒田如水のこの歌の言葉のように行けたなら幸いである。

二〇二〇年八月

桐野かおる

既刊詩集

『闖入者』　一九八八年（潮流出版社）
『パラドックス』　一九八九年（　〃　）
『タブー』　一九九一年（　〃　）
『籠城』　一九九三年（　〃　）
『夜』　一九九五年（　〃　）
『他人の眠り』　一九九九年（　〃　）
『思う壺』　二〇〇二年（　〃　）
『桐野かおる詩集』　二〇〇三年（文芸社）
『私の広尾』　二〇〇八年（砂子屋書房）
『嘘八百』　二〇一三年（　〃　）
『他言無用』　二〇一五年（　〃　）

詩集　盗人

二〇二〇年一一月五日初版発行

著　者　桐野かおる
兵庫県尼崎市東園田町二―八九―一〇―三〇三（〒六六一―〇九五三）
発行者　田村雅之

発行所　砂子屋書房

東京都千代田区内神田三―四―七（〒一〇一―〇〇四七）

電話〇三―三二五六―四七〇八　振替〇〇一三〇―二―九七六三一

URL http://www.sunagoya.com

組　版　はあどわあく

印　刷　長野印刷商工株式会社

製　本　渋谷文泉閣